プロテストソング

PROTEST SONG

Shuntaro Tanikawa
Hitoshi Komuro

小室等
谷川俊太郎

旬報社

はじめに

１９６０年代、アメリカでは若者たちのあいだにフォークソング・ムーブメントの風が吹き荒れていた。ベトナム戦争に対しての新しい反戦歌が次ぎ次ぎに作られ、ボブ・ディランの「風に吹かれて」(Blowin' In The Wind)はそれらの代表曲となっていった。１９６３年5月に「風に吹かれて」をリリースしたディランは、同年8月、ジョーン・バエズに（多分）誘われてワシントン大行進に参加し、特設ステージで「しがない歩兵」（Only A Pawn In Their Game）を歌った。黒人の公民権運動活動家が自宅前で射殺され、犯人の白人が陪審員全員白人の法廷で〝無罪〟になった事件をもとに、ディランは犯人もチェス・ゲームのポーン、歩兵に過ぎないと歌っている。

公民権運動で歌われた代表曲は「勝利を我らに」（We Shall Overcome）だろう。どの歌もみなプロテストソングと呼ばれた。

それらアメリカの出来事に刺激を受けたぼくは仲間たちと、「目を明けよう」という歌を作った。

目を明けよう

目を明けよう　若い僕らの時代だ
世界を正しく見つめて
変えなければならぬもの
勇気と知恵をもって
変えてゆこう

目を明けよう　若い僕らの時代だ
世界を正しく見つめて
変えることのできぬもの
勇気と知恵をもって
受け入れよう

目を明けよう　若い僕らの時代だ
何がおまえを眠らすか
夢と理想に枕する
おまえを誰が起こすのか
省みよう

目を明けよう　若い僕らの時代だ
変えなければならぬもの
変えることのできぬもの
見分ける知恵と力を
育てよう

歌詞は'60年代当時、何かで紹介されていた米神学者の作らしい祈りの言葉を下敷きにした。イメージはピーター・ポール＆マリーの歌う「時代は変わる」（The Times They Are A'Changin'）。つたない出来ながら、当時は、学生たちが主催するコンサートから頻繁に声がかかり、どうだといわんばかりの〈上から目線〉で得意げに歌っていたのだった。

そして、日本に上陸したフォークソング・ムーブメントから「バラが咲いた」（マイク真木）、「この広い野原いっぱい」（森山良子）などの和製フォークソングが生まれ、そうこうしているうちにムーブメントは関西に移動し、メッセージソングとも呼ばれたプロテストソングが高石友也さんや岡林信康さんたちの手で広められたのだった。ぼくは高石友也さんや岡林信康さんに加えてグループ〝五つの赤い風船〟など個々のアーティストには大いに興味をそそられたが、関西でのプロテストソングのありようについては〈上から目線〉の反省もあって懐疑的だった。

そこには懐疑的でありながらも、谷川さんとぼくのどちらが先に言ったかは憶えていないが、ぼくたち流のプロテストソングを考えようということで、１９７８年に「プロテストソング」をリリースし、それから39年後の２０１７年秋に「プロテストソング2」をリリースしたということは、ぼくは、ぼくなりにプロテストソングへのこだわりを持ち続けてきたということでしょう。

今回、この二つのアルバム収録曲を全曲（※）楽譜にしていただいた喜びをかみしめながら、出版を薦めてくれた編集諸氏及び旬報社に心からお礼を申し上げます。

小室 等

※「死んだ男の残したものは」は許諾が取れず掲載は詞のみ、詳細は楽曲解説に。「汽車と川」は、前半と同じルーティンの後半は譜面を割愛。

POETRY SIDE

Shuntaro Tanikawa

プロテストソング

谷川俊太郎

目次

希望について私は書きしるす

希望は全身で笑っているひとりの子どもにある
その子の上の青空にある
だがもっと強い希望はもう泣く力もなく
ぼんやりと座っているひとりの餓えた子どもにある
その子の下の大地にある
そうしてもっとも強い希望は
死んでしまったすべての子どもにある
その子らの姿を思い描くひとつの無名の心にある

風よ
どこの国のものでもない風よ
なんの主張もせせぬ旗を
ひるがえせ春の野に

ポエメールBOX限定詩集「ごめんね」より

詩人の死

あなたはもういない
立ち去ったのではない
連れ去られたのでもない
人間をやめただけ

八月のあの炎天下
プラカードを揚げながら
国民でも人民でも市民でもなかった詩人
ただの自分でしかなかったあなた

あなたを読むことができる
否定することもできる
でももう傷つけることができない

思い出へと追いやらずに私は生き続ける
ただひとりのあなたとともに

大勢の呟きと合唱と怒声に逆らって

すきになると

すきになるのがぼくはすき
だれかがぼくをきらいでも
ぼくはだれかをすきでいたい
すきなきもちがつよければ
きらわれたってすきでいられる

なにかをすきになるのもぼくはすき
すきになるともっとそれをしりたくなる
しればしるほどおもしろくなる
それがうつくしいとおもえてくる
それがそこにあるのがふしぎなきもち

だれかをなにかをすきになると
こころとからだがあったかくなる
かなしいこともわすれてしまう
だれともけんかをしたくなくなる

すきなきもちがぼくはすき

こどもとおとな

きみはこども
ぼくはおとな
きみはちいさい
ぼくはおおきい
でもおなじ
いのちのおもさ

あなたはこども
わたしはおとな
あなたはよわい
わたしはつよい
でもおなじ
わらいとなみだ

きみたちこども
ぼくらはおとな

きみたちおぼえる
たいせつなこと
ぼくらはわすれる
たいせつなこと

その日——August 6

苦しみという名で
呼ぶことすらできぬ苦しみが
あなたの皮膚から内臓へ
内臓からこころへ
こころから私が決して
行き着くことのできぬ深みへと
歴史を貫いていまも疼きつづける

その日私はそこにいなかった

今日　子どもたちの
傷ひとつない皮膚が
その日と同じ太陽に輝き
焼けただれた土を養分に
木々の緑が夏を歌う
記憶は無数の文字の上で

鮮度を失いかけている

その日私はそこにいなかった

私はただ信じるしかない
怒りと痛みと悲しみの土壌にも
喜びは芽生えると
死によってさえ癒されぬ傷も
いのちを滅ぼすことはないと
その日はいつまでも
今日でありつづけると

詩集「シャガールと木の葉」より

死んだ男の残したものは

死んだ男の残したものは
ひとりの妻とひとりの子ども
他には何も残さなかった
墓石ひとつ残さなかった

死んだ女の残したものは
しおれた花とひとりの子ども
他には何も残さなかった
着もの一枚残さなかった

死んだ子どもの残したものは
ねじれた脚と乾いた涙
他には何も残さなかった
思い出ひとつ残さなかった

死んだ兵士の残したものは

こわれた銃とゆがんだ地球
他には何も残せなかった
平和ひとつ残せなかった

死んだかれらの残したものは
生きてるわたし生きてるあなた
他には誰も残っていない
他には誰も残っていない

死んだ歴史の残したものは
輝く今日とまた来る明日
他には何も残っていない
他には何も残っていない

おしっこ

大統領がおしっこしてる
おしっこしながら考えている
戦争なんかしたくないんだ
石油がたっぷりありさえすれば

テロリストもおしっこしてる
おしっこしながら考えている
自爆なんかしたくないんだ
恋人残して死にたくないもの

兵隊さんもおしっこしてる
おしっこしながら考えている
殺すのっていやなもんだぜ
殺されるのはもっといやだが

男の子もおしっこしてる

おしっこしながら考えている
ほんとの銃を撃ってみたいな
ゲームボーイじゃまどろっこしいよ

武器商人がおしっこしてる
おしっこしながら考えている
銃がなければ平和は守れぬ
金がなければ自由も買えぬ

道で野良犬おしっこしてる
おしっこしながら考えている
敵もいなけりゃ味方もいない
ただの命を生きているだけ

詩集「シャガールと木の葉」より

死んでから

死んでからもうずいぶんたつ
痛かった思い出が死後はむず痒くなった
私という存在が何かに紛れてゆくが
その何かを呼びたくとも
言葉はもう意味をなさない
見えてはいないのに青空が身近だ

生きていた頃はなにかと騒がしかったが
いまは静かになった
前には聞こえなかった音が聞こえる
どこか遠くでオーケストラが調弦している
と思ったらそれは虹の音だった

私の骨は粉になったらしい
それを海に撒き散らしたらしい
私の好みでは草原でもよかったのだが

老いては子に従えと格言は言う

これから何が起きるのか
もう何も起こらないのか
もうちょっと死んでみないと分からない

私は良い人間だっただろうか
もうおそいかもしれないが考えてしまう

死んでからも魂は忙しい

殺す

その人は人を殺した
素手ではなく遠くから人を殺した
血は見えなかった
同情も感じなかった
その日も空は青く澄んでいた

その人は人を殺した
朝起きて顔を洗ってコーヒーを飲んで
それから皆と一緒に人を殺した
殺したなどとは思わずに
誰にも咎められずに

その人が殺した人は
殺されたとも気づかずに
呼吸が止まり心臓が止まり死体になったが
死んだのではなく殺されたのだ

その日も赤ん坊が生まれていた

殺した人もいつか殺されるかも
殺された人もいつか殺していたかも
殺す人も殺される人もひとりになれない
仲良く統計の数字の墓場に眠って
未来の受肉を空しく待っている

風と夢

どこから吹いてくるのだろう
やさしい風
むごい風
風は怒り
どこへ吹いてゆくのだろう
風はほほえむ
傷ついた大地の上に

風が夢を運んでくる
苦しみの昨日から
歓びの明日へと

誰のこころに住むのだろう
楽しい夢
つらい夢
どんな未来見るのだろう

夢は実り
夢ははじける
よみがえる大地の上に
夢が風を巻き起こす
こころからこころへと
ひとりからひとりへと

「ゆめ風基金応援歌」より

しーん

しずかなのがいい
おおごえはききたくない
でもかみなりはきらいじゃない

しずかなのがいい
せかせかはすきじゃない
おっとりしてるとほっとする

しずかなのがいい
げらげらわらうのもわるくないけど
にこにこのほうがおちつく

しずかなのがいい
ばくはつのおとはききたくない
ひめいもうめきごえも

しずかなのがいい
そよかぜがふいてきて
ふうりんがなったりするのがすき

しずかなのがいい
いびきもおならもねごともかわいいけど
しーんとしたほしぞらにはかなわない

黙って

黙っていたい
木のように
黙っていたい
蟻のように
黙っていたい
空のように

ただ聞くだけ
風を
川音を
人の沈黙を
幼子の
笑い声を

黙っている
花々とともに

一枚の白紙とともに
動きやまない
雲を追って
今

木を植える

木を植える
それはつぐなうこと
私たちが根こそぎにしたものを

木を植える
それは夢見ること
子どもたちのすこやかな明日を

木を植える
それは祈ること
いのちに宿る太古からの精霊に

木を植える
それは歌うこと
花と実りをもたらす風とともに

木を植える
それは耳をすますこと
よみがえる自然の無言の教えに

木を植える
それは知恵それは力
生きとし生けるものをむすぶ

詩集「詩の本」より

クリフトンN.J.

ぼくらはみんな過ちを犯し
そのくせ正義を口にする
ぼくらはみんな憎しみを恐れ
そのくせ愛するのが下手だ
今日クリフトンという名の小さな町は
梨の木が白い花ざかり
教会の前でバスを下りて
ぼくはきみの家を探す

ぼくらはひとり故郷《ふるさと》を捨てて
そのくせ祭を待ちのぞむ
ぼくらはひとり英雄を夢み
そのくせ甘えるのが好きだ
今日クリフトンという名の小さな町で
きみはもうここにいないと
心の病気で入院したと

ルームメイトに告げられた

ぼくらはみんな化け物のようだ
そのくせ理性を信じてる
ぼくらはみんな永遠を恋し
そのくせこの時代のとりこ
今日クリフトンという名の小さな町の
街角でぼくは酔っぱらい
日本語で何かわめいたんだ
多分ひどくみだらなこと

夜中に台所でぼくは
きみに話しかけたかった3

――小田実に

総理大臣ひとりを責めたって無駄さ
彼は象徴にすらなれやしない
きみの大阪弁は永遠だけど
総理大臣はすぐ代る

電気冷蔵庫の中にはせせらぎが流れてるね
ぼくは台所でコーヒーを飲んでる
正義は性に合わないから
せめてしっかりした字を書くことにする

それから明日が来るんだ
歴史の中にすっぽりはまりこんで
そのくせ歴史からはみ出している明日が
謎めいた尊大さで

夜のうちにおはようと言っとこうか

詩集「夜中に台所でぼくはきみに話しかけたかった」より

なんにもしたくない

ああなんにもしたくない
カツ丼なんか食いたくない
友だちなんか会いたくない
女となんかやりたくない
歩きたくない寝たくない
考えたくない見たくない
コーヒーだって飲みたくない
笑いたくない泣きたくない
生きたくもない　かと言って
死にたくもない死にたくない
ないないいずくしも言いたくない
ああなんにもなんにもしたくない
おひさまかんかん蝶々ひらひら
どこかで赤んぼ泣きわめく
今は三月それとも四月
それとも真夏の昼下がり

歌うたうのももうやめた！

窓

ばたん　ばたん！
窓は風にあおっていた
ばたん　ばたん！
曇った空は空罐《あきかん》
ばたん　ばたん！
窓の中では男と女が
ねじれあいよじれあい
くちかけた縄のように
よじれあいねじれあい　あい　愛　ああいい
ばたん　ばたん！
私の魂の中の蛆《うじ》のような無数の言葉たちは
その音をこわがってふるえてる
ばたん　ばたん！
その音
は苦しい
歌わない

意味しない
語らない
音
ばたん　ばたん！
世界の中の一枚の窓が風に鳴って
男と女は夢中
誰もその窓から見ない

詩集「あなたに」より

泣けばいい

泣けばいいんだ泣けばいい
哀しいときは泣けばいい
泣けば菜の花涙にゆれる
泣けば烏もカアと鳴く

泣けばいいんだ泣けばいい
ひとりのときは泣けばいい
遠い誰かにとどけとばかり
風もいっしょにむせび泣く

泣けばいいんだ泣けばいい
苦しいときは泣けばいい
泣いてどうなるものでもないが
泣いてはらそう曇り空

泣けばいいんだ泣けばいい

泣きたいときは泣けばいい
まぶたをはらして鏡を見れば
いつか笑いがこみあげる

汽車と川

汽車は川に沿って走ってゆく
真黒な顔をしたちっぽけな汽車だ
川は汽車に沿って流れてゆく
名前もついてないささやかな川だ

汽車は川に沿って走ってゆく
汽車はどんどん川を追いこす
けれど追いこしても追いこしても
汽車は川を追いぬいてしまうことができない

上り坂にかかるとちっぽけな汽車はあえぐ
けれどそんな汽車に知らんかおで
相変わらず楽しそうに歌いながら
川は坂を上って流れてゆく

赤信号の腕木があがると

ちっぽけな汽車はがたんととまる
けれど川はとまらない
川には信号も駅もないので
その代り川には時々橋がかかっている
橋の上にはたいてい鼻たれ小僧がいる
かれらはちっとも川を見ないで
ちっぽけな汽車にばかり手をふっている

汽車には犬小屋みたいな客車がついている
だがそこには犬は乗っていない
人間の男と女が窓にもたれて
ピーナッツをつまみながら川を見ている

汽車の上から川を見ると
川には魚が泳いでいる
魚は流れにさからって
いっしょうけんめい泳いでいる

「魚って馬鹿ね」と女は云う
男はなんとも返事をしない

雲間から太陽が顔を出し
川面を輝きながら汽車と一緒に走ってゆく

駅だ
突然どやどやと人が乗りこむ
ししっぱな　だんごっぱな
にきびっつら　だいこんあし
かなつぼまなこ　やぶにらみ
でっちり　はとむね　にじゅうあご
釣ったばかりの魚をさげた
ぶしょうひげのおやじがいる
川底のきれいな小石を拾って
ハンケチに包んだ女学生がいる
赤白に塗り分けた棒をもち
長靴から滴をたらす測量技師たちもいる
いましがたきれいな川の水を
水筒にいっぱいつめてきたハイカーもいる
だがかれらはもう川を見ない
もう川のことはすっかり忘れて
野球や月給やお灸の話をしている

汽車は川に沿って走ってゆく
川に沿った汽車に沿って
電話線も走ってゆく
もしもしもしもしと走ってゆく

汽車は川に沿って走ってゆく
窓にもたれてピーナッツをかじりながら
女は云う「あんたの横顔ってすてき」
男はなんとも返事をしない

汽車は川に沿って走ってゆく
真黒な顔をしたちっぽけな汽車だ
けれど川はだんだん大きくなってゆく
だんだん広くなってゆく

川はすっかりおとなっぽくなり
流れかたまで悠然としてくる
おちつきはらってボートを浮かべ
清濁あわせのんでいる

やがて川は海に出る
そのとき汽車は港に着く
それから先へ汽車は行けない
けれど川はどこまでも行ける

大きくのびをして
川が海へと出てゆくとき
小さなくしゃみをして
汽車は引き込み線をバックしてゆく

「どこへ行くの？　私たち」
ピーナッツをかじりながら岸壁の上で女はきく
男はなんとも返事をしない
夕日を見つめて返事をしない

詩集「空に小鳥がいなくなった日」より

おまえが死んだあとで

おまえが死んだあとで
青空はいっそう青くなり
おまえが死んだあとで
ようやくぼくはおまえを愛し始める
残された思い出の中で
おまえはいつまでもほゝえんでいる

おまえが死んだあとで
歌声はちまたに谺して
おまえが死んだあとで
ようやくぼくはおまえに嘘をつかない
残された一通の手紙に
答えるすべもなく口をつぐんで

おまえが死んだあとで
人々は電車を乗り降りし

おまえが死んだあとで
ようやくぼくはおまえを信じ始める
残されたくやしさの中で
ぼくらは生きつづけひとりぼっちだ

一匹のカニ

きみはハワイへ行ったんだってね
おれは江の島へ行ったのさ
波は水平線からわいてきて
砂にしみこんでいったよ
おれがうらやましいのはきみよりも
赤い甲羅の一匹のカニさ
負けおしみかもしれないけれど

きみはボルボを買ったんだってね
おれはサンダルを買ったのさ
道は水平線へとのびてゆき
空へとけこんでいったよ
おれがうらやましいのはきみよりも
枝をひろげる一本のケヤキさ
負けおしみかもしれないけれど

きみは幸せになったんだってね
おれはどうなのか分からない
人は細い路地のむこうから
どこへ消え去ってゆくのか
おれがうらやましいのはきみよりも
泣きわめいている一人の子どもさ
負けおしみかもしれないけれど

今

夏はもう本当に去ってしまったのだろうか
私には信じられないことばかりだ
夢は死にしかしやがて思い出の中でよみがえるだろう
そして私は待つことだけを生きねばならない

しかしあの弱々しい未来にむかって
私は何を待つことが出来るだろう
過ぎ去ったものこそ確かなものだ
それらの上で私は長い間泣き続けている

すべてが時に蝕まれる
やがて最も強い愛さえも
絶え間なく時は私の今を奪い
私は常に新しく信じ直さねばならぬ
だがそれさえも束の間のこと

時折白い時に棲み
私は何かを書きとめようと意気ごむのだけれども
それらはすべて歌のように空へ消えてしまうばかりだ

せめて死の前にこそ
すべての真の姿に気付くことが出来るといい
私の生がどうしてもはねのけられぬ重さをもって
私の墓石になってくれるのを私はひそかに願っている

そうしてそのためにこそ
私は私の今を愛そうと苦い努力を続けるのだ
帰って来るものは何も無い
その悲しみの中で私は忘れそして知らねばならぬ

私は決して所を去らない
私は常に時を去る
ふたたびと云えない今を生き
そして私の心と体の限りそれを満たそうと
やがて過去を死に未来を死に

そしてすべてを予感してしまう時にも
私の生が私の今に支えられてあるように
私が常に新しく愛することの出来るように

――1953――

別れてもいいんだ

別れてもいいんだ
ふたりでいる苦しみよりも
ひとりでいるさびしさのほうが
まだ楽だと思うなら
なにもかもきみに返すよ
ふたりで入った生命保険
きみが編んだおそろいのマフラー
でも五年間の思い出だけは
もってけないね

別れてもいいんだ
なんのために我慢するのか
憎むなんていうわけじゃないが
もう疲れてしまったよ
なにもかもきみにあげるよ
ふたりで集めたガラスの動物

座りなれた手造りの椅子も
でもユパンキのレコードだけは
おいてってくれ

けやきの緑が美しい道を
背を向けてきみは歩いてゆく
きみがどこかで生きてゆくように
ぼくもどこかで生きてゆくだろう

芝生

そして私はいつか
どこかから来て
不意にこの芝生の上に立っていた
なすべきことはすべて
私の細胞が記憶していた
だから私は人間の形をし
幸せについて語りさえしたのだ

詩集「夜中に台所でぼくはきみに話しかけたかった」より

対談

プロテストソング

小室等×谷川俊太郎

1978年の《プロテストソング》から39年の歳月を経て、小室等さんが《プロテストソング2》をリリースした。詩人・谷川俊太郎さんとの共同作業から生まれた今日の「プロテストソング」とは……。

戦争1

小室　しょっぱなからなんですけど、まず戦争のことから、空襲があったときはおいくつでしたっけ？

谷川　中学2年生ぐらいね。

小室　中学2年ぐらいですね、で、いろいろなところでお話になったり、お書きになったりしているんですけど、どんなふうに体験をしたのかを、友達と自転車で死体を見に行ったとかおっしゃっていましたけど。

谷川　とにかくあの時代、つまりB29（＊1）というのが日本本土を空襲し始めた時代、それが東京にも来るようになって、夜中に警戒警報のサイレンが鳴って、それから空襲警報というのが鳴ると、防空壕に入るとか、そういう感じだったわけですね。で、ラジオのほうはすぐ情報を流してるわけですね、B29が今どっちに向かっているのかとか、なんか毎晩こう寝床にいるわけにいかなくて、子どもだから防空壕に入るのはすごく嫌というわけではないんだけど、あの5月24日の東京西部空襲（＊2）のときには、ほんとうに真上に飛行機が来て焼夷弾が落ちてくるのが見えたわけですよ。で、それがなんとなく風に流されて真上に来たのにどっか違うほうに行ってるって感じで、そのうち空が赤く燃えてくるのが見えたわけね。それと同時に家の前をぞろぞろと人が通っていくわけですよ。というのは焼け出された人がどこか逃げようと思って、西のほうへ西のほうへと。

小室　下町で焼け出された人たち？

谷川　下町は3月10日だから。下町とは言わないんだけど、環七の辺りまで燃えていたから新宿とかね、その辺からだと思うんですけど。その頃はこの辺りは田んぼだったからね。そのために逃げてきて、それで夜が明けてから子どもだからどうなっているんだろうみたいな、自転車に乗って友だちと見に行くわけですね。だいたい環七の辺まで、まあ焼け野原で、焼死体がゴロゴロ転がっているわけですね。

小室　環七までということはすぐそばまで焼け野原というわけですね。

谷川　そうなんですよ、それはけっこう運が良かったなあっていうね。それで焼死体というのは艶々しているんですね、カツブシみたいな。それでちゃんとあるべきところに穴が開いているんですよ。子どもだからそういうのも見ているのね。それと同時にぼくはいろいろ機械好きだからなんか落ちていないかとみると、焼夷弾のかけらとか落ちていて、おもしろいからそういうのを拾ってきて、で、それをぶつけるとバン！　と爆発して。それで指をなくしちゃった男の子もいるそうだからけっこう危ないことだったんだけどね、信管みたいなものが。

小室　でもそれには恐怖感みたいなものはなかったですか？

谷川　ないよ、全然、遊び半分、ほんとに。

小室　うーん、そういう人がぞろぞろと避難しているのを見て、そのときの気分というのはどういう気持ちだったんですか？

谷川　まあ、なんも感じない。それまでにいろいろな戦争体験があるわけじゃないですか、しょっちゅう空襲警報が鳴ったりとか、なんか子どもってなんていうのかしら切迫した現実感がないのね。わりと傍観者みたいなところがあって。

小室　それはぼくたちの子どものころに、ぼくは東京の荒川区ですけど、台風のときにすぐ水が出てジャーとなって、それを子どものぼくなんかおもしろがっていたというのとも違うものですかね、戦争というのとは。

谷川　似たようなものじゃないの？　この辺も善福寺川がすぐ氾濫して、長靴履いてびちゃびちゃと登校してたから、やはりそういう自然の災害とあんまり区別がついていなかったと思うけどね。

小室　戦争に対する認識というのはどうだったんですか？

谷川　それは人によってずいぶん違うと思うんだけど、ぼくはあんまり認識はなかったですね。

谷川徹三

*1　第二次世界大戦末期、日本本土を空襲したアメリカ合衆国ボーイング社が開発した大型戦略爆撃機

*2　昭和20年に東京西部地域を襲った大空襲。3月10日には下町地域を壊滅させた東京大空襲があった

小室　御父上の谷川徹三（＊3）さんが戦争に対してのこととか、子どものいるようなところでなにかを話されたことはありますか？

谷川　実際になにも話したりはしなかったけど、いちばん印象に残っているのは東条英機（＊4）がなんか子どもの頭をなでていたのが新聞に載っててね、それを見たうちの父親が「こんなことをするようになったらお終いだ」って言ったのをよく覚えている。

小室　あ〜。

谷川　それから海軍のなんとかさんという人に戦後どうするかというのを、けっこうお偉い人や文化人たちが集まって話し合ったことがあるんですね。家に集まったこともあるからなんとなく戦争のことは、その程度のことは知っていたわけだけど。

小室　後年の認識としていいんですけど、徹三さんはどういう立場、立ち位置だったんですかね、戦争時。

谷川　要するに言ってみれば客観的に戦争を見ていて、日本は勝たないと思っていたから。敗戦後に天皇の位置とか、どうするかということを前もってそういうインテリたちと相談してっていう感じですね。で、政治的に動いたというのとは違うんだけど、海軍の将校も参加していたから、ある程度内部の人たちと通じていたということもあると思うんだけどね。

小室　その当時の表現者たちのことを、今頃になって〝あの人は戦争に加担した人だ、いやそうじゃない〟っていう話をしますけど、徹三さんの立ち位置というのはどのようなものだったんでしょうか？

谷川　中国に行ってたんですね、戦争中に。別に政府の仕事で行ったわけじゃないんだけど、戦後分かったんだけど特高警察（＊5）の暗殺リストに彼の名前が入っていたんだって……。

小室　徹三さんの名前が……？

谷川　名前が、だから反政府分子という風には思われていたんじゃないの。

小室　そういう気分というのは中学生だった俊太郎少年は全然、今思ってもそういう感じっていうのはないですか。やっぱり親父って奴はこういう奴だったんだなっていう。

谷川　そういうのはないですね。つまり簡単に言えば一種の自由主義の人なわけですよね。それで別に三木清（＊6）みたいにマルクス主義にイカれて、あの人はまあ牢獄に入って死んじゃったわけだけど、そういうところもなかったし、だからうまく

中立的に立場を守っていたんじゃないかと思う。それから一種運がいいんだけど、戦争末期に胃潰瘍でずっと寝てた人なんですね。

小室 それもその時期を処するのにかえってプラスになった。

谷川 うーん、そこんところはよくわからないけどね。

小室 御父上、徹三さんのそういう世界というか、社会というところに対しての自分の身の置きようみたいなことと、そしてものの考えみたいなことはやっぱり微妙に息子の俊太郎さんにはどこで……。

谷川 うん、彼の政治的な身の処し方みたいなものは俺は継いでいると思うね。つまりイデオロギーに毒されずに、ある派に属さないでなんとなく個人というものを守ってきたということはあると思いますけど。ただ、徹三さんはやっぱり明治の人だから天皇陛下が好きでさあ。ま、それは戦後の話なんだけど、天皇陛下と一緒にご飯を食べる機会があるわけね、すごい嬉しがっていましたね。

小室 へえー、それはどういうことなんだろう。

谷川 そういう心理はわからないですね、われわれには。

小室 今の天皇について言えば、今の天皇が自分は身を引きたいと言い始めていたりするんですけど、今の天皇の動き方みたいなというのか、戦争に対しての戦地に赴くということであったり、あるいは被災地を自らの足で行ってみるとかっていう生き方のような中に、なんかこう共感しちゃうような部分をもったりするんですけど、そういうようなことって昭和天皇の時もあったんですかね、そんな人間的な。

谷川 徹三さんは天皇と一緒にご飯を食べたときにとても貧しかったって感動してましたけどね。

小室 へえー、ぼくたちには届いてこない、知らないことだなあ。

谷川 まあ多分良い人だったと思うね、昭和天皇は。

天皇

小室 俊太郎さんはどうなんですか、天皇に、あるいは天皇制とか。

谷川 今の天皇に対しては完全に同世代の老人だと思っているから、なんか頑張っているなと思うね。俺だったら到底あんな公的な行事にね、しょっちゅう行ってアイサツしたりとかできない、なんか人間天皇になったはずでしょ、戦後。それな

*3 日本の哲学者・評論家（1895年—1989年）。思想・芸術・文学など広範な評論活動を行う。法政大学総長、日本芸術院会員、文化功労者

*4 日本の陸軍軍人、政治家（1884年—1948年）。第40代内閣総理大臣に就任し、在任中に太平洋戦争が開戦。敗戦後、A級戦犯として死刑執行された

*5 特別高等警察の略。反体制活動を取り締まるために設置された戦前警察の部門。思想弾圧組織として恐れられた

*6 日本の哲学者。法政大学教授（1897年—1945年）。1945年治安維持法違反のかどで投獄され、敗戦直後に獄死。著書に「哲学ノート」「人生論ノート」「技術哲学」など

のに全然人間になっていないじゃない。それがすごく不思議なの。日本人の意識ってね、そういうところは変わっていないんだなあと思って。皇太子がさあ〝天皇陛下は〟って言うでしょ。なんで〝父は〟って言えないんだって思うんですよね。

小室　はあー。

谷川　ほんと俺は天皇は普通の人間と同じと思っているから……、多分（こんなことを聞いたら）右翼の人なんかからはぶん殴られるんじゃないかと思うね。（笑）

小室　ほんとですねえ―、だからぼくらが当たり前に、なんの疑問も持たずに聞いちゃってますけど、お父さんのことを〝天皇陛下は〟って言うのは変ですよね。

谷川　全然、人間天皇にはなってないじゃん。

小室　今ぼくはプチプチと脳の中でいろんなことを思ったけど、徹三さんの話をし始めたときに、一瞬〝徹三先生は〟って言いそうになった。でもそれは抜き難くあるんですよ、そういうふうに言わせてしまうようなね。今までの教育かどうか分からないんですけど、でもぼくの知っている俊太郎さんの前で言うのは、〝徹三先生〟ではないだろうなと一瞬脳の中がシャシャと動いたと思うんですよ。でも、そういうのってありますよね。

谷川　歳が相当離れちゃってるから、どうしても〝先生〟と言っちゃったほうが無難だろうから。（笑）

小室　無難という曲者がいますもんねえ！

谷川　だから天皇になって、やめるのも大変なんだと思って。俺もさあ、詩を書くのをやめるよといってもさあ、あんな騒ぎにならないじゃない、なんでならないのみたいな（笑）

小室　もっと書けば！　とか言われたりして。

谷川　小室さんもぼくもよくやっているよ、二人とも。（笑）

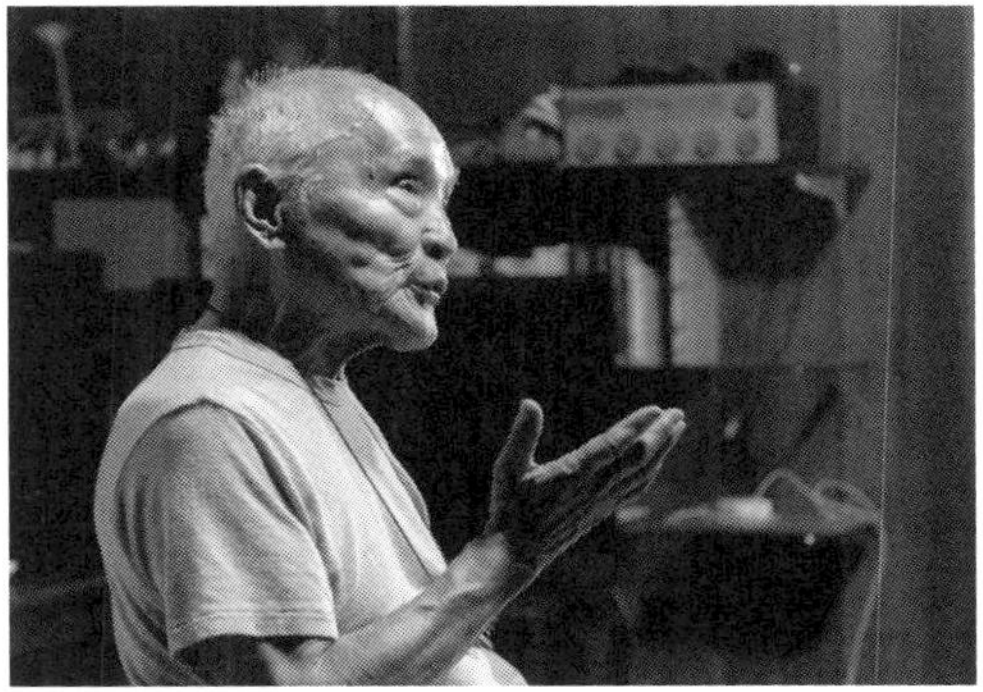

中道

小室　俊太郎さんが、何か、教条的に考えたり言ったりするってことを、ぼくは勿論見たことはないですけど、今回のテーマは「プロテスト」ですので、例えば、戦争とか、社会的な出来事とかに対して、俊太郎さんは、なんか…あまりダイレクトに言葉で言うってことをしてこないっていう……。

谷川　（頷きながら）そうだね。

小室　それはどういう意識からですか？

谷川　やっぱり、言うんだったら、詩で言いたい。なんで詩で言いたいかというと、言葉ってどうしても善悪、一瞬黒白の二手に分けるじゃないですか、で、いつでも発言っていうのは二手に分かれないところにいちばんのリアリティがあるわけだから、詩だとね、分けないで言えるところがあるんですよ、すごく曖昧で、立場を鮮明にしなければいけない人から見れば、なんか、鵺《ぬえ》みたいなやつで、どっちつかずとなるんだけど、そのどっちつかずの、まぁ、いわゆる中道というのかな、それがいちばん大事だっていうのはハッキリ思ってますね。だから、その状況に応じてどっちかに行くってことはあるけれども、どっちかに、一種狂信的に行くってことは全然自分の気持ちとしてはないんですよね。だから誰かを信じるにしても、90％信じても、10％は疑うっていうのをずっとやってきているつもりですね。

小室　その中道を保つということの不安ってないですか？

谷川　ないですね。ただ、相当デリケートなものだから、自分なりにいろいろ考えてやっぱり中道っていうことになると思いますけど、あの～基本的に何かについて発言するっていうことはだいたい避けているんですよね、政治的なものが絡んでいる場合、それで自分にできることがあれば、それはお金を出すことだと基本的に考えているから。だから震災があった場合でも、それを応援することを言語で言うとかは全部避けていて、カンパしますっていう風にね。

小室　自分の態度を表すのはそこに？

谷川　お金だと、お金ってけっこう曖昧だしね。そんなにはっきりした立場がなくても人の役に立つわけだから。

小室　しかも実に有効ですよね。

谷川　そうですよね、いちばん有効だからね。だからそういう、なにしろそういう中道ってことを保っていられてるひとつかな、という気がしますけどね。

レインメーカー

小室　そういう中で、かつて、『死んだ男の残したものは』、それからその近辺では『雨よ降れ』とか、相当ダイレクトにとくにベトナム戦争（＊7）を反映した形で詩を書かれてますけど、あの場合はどうなんですか。

谷川　うーん、やっぱりなんか、ある程度、歌が……例えば反戦ということにね、役に立つこととかを考えると、ある程度まではっきり言ったほうがいいというふうには思うんですよね。だけどそれを〝戦争反対！〟というふうには絶対言いたくないから、具体的ななんかに形を変えて詩として言うみたいなね、ふうなことは、まぁほとんどそんなことは意識しないんだけど、書いていて自然とそうなってますね。

小室　『雨よ降れ』にしても、詩ですから短いものではあるんですけど、あれはあのまんま映画で見ているような、なんかこう、反戦とかそういうようなことじゃなくて、ストーリーというかね。

谷川　そうですね、あそこでは〝ナパーム〟だけですよね、具体的な言及としては。

小室　そうですよね。

谷川　『雨よ降れ』ということは〝レインメーカー〟という言葉があるみたいに、なんかつまり土を利用して命を育てるみたいなイメージがあるでしょ、そっちのほうに意識がいってるんですよね。

雨よ降れ

詩　谷川俊太郎　曲　寺島尚彦

雨よ降れ
愛されぬ女の上に
雨よ降れ
流されぬ涙のかわり
雨よ降れ　ひそかに

雨よ降れ
ひびわれた畠の上に
雨よ降れ
かれはてた井戸の上に
雨よ降れ　いますぐ

雨よ降れ
ナパームの炎の上に
雨よ降れ
燃え上がる村の上に
雨よ降れ　はげしく

雨よ降れ
果てしない砂漠の上に
雨よ降れ
かくされた種子の上に
雨よ降れ　やさしく

雨よ降れ
よみがえる緑の上に
雨よ降れ
きらめく明日のために
雨よ降れ　今日は

戦争2

小室　あの…、あれは湾岸戦争のときだったかな、中上健次さん（*8）やら高橋源一郎さん（*9）やら、文学者が募って声を上げました。

谷川　うんうん。

小室　ああいうときにでも、例えば源一郎さんなんかはどっちかというと俊太郎さんにちょっと近いような心の動きを持っていたのかなと思ったりもするんだけど。

谷川　彼は学生運動を。

小室　そうか、学生運動をやってましたからね。あの時のメンバーに、おーっ！　こんな人もみんな動くんだ〜！　と思いましたが、そういうときでも、俊太郎さんは多分そこには…行かない。

谷川　はい。

小室　行かないんですよね……。そうなんですよ。

谷川　だからそれは…、つまり国家というものが性に合わないんですよ。簡単に言えば、だからできるだけひとりで動きたい。けれども国家がなければ自分は生きていけないわけだから、税金さえ払っていればいいだろうっていうふうな意識がありますね。

小室　で、プラス、自分の動きの中で自分のために、世の中のためというよりは自分のために、で、ひいては世の中のためになるようなことであれば、動けるところは動こう……。

谷川　そうですね。

小室　そういう俊太郎さんなんだけど、そうは言えども書かれた詩の中には、読み取ろうと思えば、相当量…、自分の…、なんていうんですか、詩的表現として第一の言いたいメッセージではないとしても、作品そのものがそういうメッセージ性を持っているものが、俊太郎さんのものの中にはいくつもある。

谷川　自分の生き方としてそうだから、つまり反社会的なんですよね、基本が。

小室　はい。

谷川　だからそういうのが出ちゃいますよね。

小室　俊太郎さん、絶対に人類がいる限り戦争はなくならないと思ってますよね。

谷川　はい、思ってます、はい。そこから出発しなくちゃいけないと思っているんですよね。

*7　第二次世界大戦後の冷戦下、インドシナ半島で起きたベトナム統一をめぐる戦争。1960年に南ベトナム解放戦線が結成され、'61年本格的な抗争が始まる。'63年にアメリカが全面的に軍事介入したが、'73年にサイゴンが陥落、'76年に南北ベトナムの統一が実現。ベトナム人の犠牲者は軍民合わせ120万人以上といわれる

*8　日本の小説家（1946年—1992年）。1976年「岬」で第74回芥川賞受賞。紀州熊野を舞台にした数々の作品を発表

*9　日本の小説家、文学者、文芸評論家（1951年—）。明治学院大学教授。1988年「優雅で感傷的な日本野球」で第1回三島由紀夫賞、2002年に「日本文学盛衰史」で伊藤整文学賞、2014年「さよならクリストファー・ロビン」で谷崎潤一郎賞などを受賞

小室　今ので答えをいただいちゃったような…、感じですけど…、その…、なくならないと思っているにもかかわらず…、なくなる…、ため…っていうのは…、思っていないのか……。

谷川　うん、なくなるとは思ってないものね。

小室　でも…、うーん…、なくなるためを…、思って書いてるみたいな……。

谷川　なくなると思っているからそう見えるわけでしょ。

小室　そうか！

谷川　なくならないと思っていればそうは見えない。

小室　あぁ！読み方が違ってくるんだ！

谷川　そう思いますよ。

小室　そうですよね。うん。

プロテスト

小室　今回久しぶりに…、《プロテストソング》どうですかというと、「あ、おもしろいかもね」と言って、そのことにそぐう詩を十数編選び出して、またたくまに詩を送っていただきました。そのほとんどが日常の動きの中で出てくるようなことでした。なんか拳を上げて日常から飛び出して街頭に出て行ったり、なんかそういうところでダイレクトに叫けんだりということよりも、俊太郎さんの表現は、日常生活そのものっていうのがプロテストでしょ、っていうようなふうに言ってる、と言ってもいいですか。

谷川　基本的には自分はそうだと思ってますね。自分の日々の行いみたいなものがプロテストにつながっているはずだというふうに思ってる。それは必ずしもこの間の（平成29年の）都議選の投票をね、どの党にするかみたいなことではなくて、もっと深い、ひとつの魂の部分でどうゆう風に受け取るかみたいなことだと思ってるのね。選挙では、例えば自分はこの党に投票するときは全然いいんだけど、それはそこで政治勢力の一端を担うということではなくて、なんか魂のレベルでの中道を行くために、この選挙ではバランスを考えて、この党のこの人にいこうみたいな、で、状況が変わったらそれは全然変わるかもしれない。

小室 投票には行かれる？

谷川 行きますよ。一時行かなかったけどね。

小室 一時行かなかったものが、行くようになったのは

谷川 うーん、何か行かないのも傲慢だなと思ったんだね。

小室 （頷きながら、笑）

谷川 （笑）一票の無力というものは、すごい痛感するんだけど、でも塵も積もれば山となるかしら〜みたいな。（笑）

沈黙

小室 そういう中で、プロテストということに拘泥しなくてもいいんですけど、今、詩を書くことっていうのは俊太郎さんにとってどんなもんですかね……。

谷川 ま、ぼくはよくは分かんないですけど、今、言語の氾濫みたいのがありますよね。それは情報の氾濫に繋がってるわけだけれども、そこで言語がどんどん希薄になってきていて、本来言語っていうのは〝行い〟〝行動〟と結びついているはずなのに、行動のほうが全然希薄でね、言語ばっかりが増殖してるって感じがあるんですよね。そういう、例えば意見とか情報というものの言語の過剰に対して詩というのはできるだけ沈黙に近い言葉で、それこそプロテストできるんじゃないかみたいな、そんな気持ちはありますよね。

小室 今こそ、武満徹さん（*10）の言った「音、沈黙と

小室・谷川 測りあえるほどに。」

小室 武満さんのあの言葉っていうのが、あのときは、なんか、ちょっとかっこいいな〜っていう言い方に気圧されちゃった感じがするんですけど、非常に今、リアルにそれを感じますよね。

谷川 だから、つまり言葉じゃなくて行いで何かを表現できるのが、ほんとうは望ましいと思っているんですよね、言葉は今もうほんとに氾濫しちゃってるから。だからそれを、〝行い〟というのを、デモに行くとかね、

*10 日本の作曲家（1930年—1996年）。ほぼ独学で作曲を学び、精緻な構成と東西の音の感性を融合させた独創的な作風が世界的に高く評価された。代表曲「ノヴェンバー・ステップス」、尾高賞受賞作「カトレーン」など、'80年日本芸術院賞、'85年フランス芸術文化賞を受賞

なんか反対票を投じるとかじゃない行いの深みで、なんかやっていきたいなっていう気がしてますけどね。

不文律

小室　いま深みとおっしゃったけど、それもキーワードと思うんですが、その前にちょっと下世話に、今国会の中やら、国会を中心に蠢いている政治の世界での議員たちの言葉のやり取りって、(昔も)あんなにひどかったですかね。

谷川　いや吉田茂(*11)のころはあじゃなかったんじゃない。吉田茂は怒鳴ったりいろいろしたけど、もうちょっとみんな教養があったし、それからぼくこのまえ憲法に対して「不文律」という詩を書いたんですけどね。憲法の言葉より以前に我々がなんか生まれながらに、あるいは親からの躾によって持っている自分を律するものがあるはずだと。それはなんでそういうふうになっているのってことに対して、なんででも別に理由はないけどって言えるような強さを持っていたはずなんですよね。そういう「不文律」的なものが今、ほとんどなくなってきているから、みんな言葉で理屈をこねて。なんだっけ、「オルタナティブ・トゥルース」(笑)、すごい言葉が出てくるわけですよ。「もう一つの真実」みたいな、言葉の値打ちがほんとに下がっちゃったわけだから。ああいう言葉が出てくるってことはなんかその言語というものと実際の人間の行動ってものが結びついていない。言葉は言葉で独り歩きし、それがけっこう働きをしちゃうかもしれない。ほとんど詐欺師同士の社会になってますよね。

小室　それで問いかけと応答みたいな、えっ、そういう言葉が返ってくる話じゃないだろっていう、平気で。

谷川　安倍(晋三)さん(*12)なんかの答え方を見ているとね、全然そういう感じですよね。

小室　言葉はもうほぼ通じてないまままみんな話し合っているって。

谷川　だからもっと裏でなんかあるんだろうなと思わざるを得ないよね。いま、絶対隠したいことは隠しとおすという。

小室　でももうちょっと前だったら、言葉は言葉としてやり取りがあって、それこそ田中角栄さん(*13)のころまではあって、で、ごまかすのはすごく裏芸というか。

谷川　そうそう。

小室　技あり一本みたいなごまかし方。（笑）

谷川　メディアに出ないようなところでやっていたと思うけど、今メディアがほんとおしゃべりで、いろいろいろいろこうしゃべっちゃうからね、余計わけわかんなくなってますよね。

小室　昔、国会の中での自民党のドンみたいな人が、いろいろ質問されて、記者から答えにくい突っ込んだ質問をされて、ほんとうのことは言えないみたいなやり取りがあったとき、その人が「そのことは俺のここにあるんだ」とポンと腹をたたいてね、でもなんか言葉は通じてるなという気がしました。

谷川　それでいいんですよね。

小室　今なんかめちゃくちゃだっていう、このめちゃくちゃ感については嫌ですよね、勿論。

谷川　勿論、もうあきらめていますね、当分は。でもなんか原点に近づくと少しは変わるかもしれないという気はあるんですけどね。だから今度の都議選の結果なんかでもかすかにそういうものが出てきてるんですよね。しかし変わりやすいからね、自民党の中でも全然わからないものね。

不文律

憲法は言葉だ　言葉に過ぎない
誰の言葉か？　国家の言葉だ
そこには我々日本人の言葉も入っているが
〈私〉の言葉は入っていない
私はこういう言葉では語らないからだ

憲法の言葉は上から降ってくる
下から湧いてこない
だから私の身につかない
だが憲法の言っていることを
私は日々の暮らしで行っていると思う

憲法の言葉が行いになるのではない
私の中には言葉のない行いがあるだけだ
そこが憲法の有史以来の古里だろう
私は実は国家というものが苦手だ
国家のおかげで生活しているのは確かだが
生活は生きることと微妙に食い違う

生きるふるまい〈living behavior〉と
死を回避するふるまい〈death avoiding behavior〉
生を二つに区別して考えた学者がいたが
法というものは前者に属していないように思える

憲法の語句を考えるとき
私は国家の決まりの奥にひそむ自分を考える
立派な言葉で割り切ることのできない私は
国家に縛られながら国家に頼りながら
私の内なる不文律を生きている

*11　日本の外交官・政治家（1878年—1967年）。敗戦後、外相を経て1946年自由党総裁となり、以降五次にわたって内閣を組閣。'51年、サンフランシスコ講和条約・日米安全保障条約に調印。

*12　日本の政治家（1954年—）。自由民主党衆議院議員。第96代・第97代・第98代内閣総理大臣。祖父は岸信介、大叔父は佐藤栄作

*13　戦後日本を代表する政治家（1918年—1993年）。第64・65代内閣総理大臣。日中国交正常化を実現、また日本列島改造論を唱えて経済発展を目指した。

『おしっこ』

小室　《プロテストソング》の最初のアルバム（1978年発売）を作ったときには、『夜中に台所でぼくはきみに話しかけたかった』の中から、〈きみの大阪弁は永遠だけど／総理大臣はすぐ代る〉というフレーズが出てくる、小田実へ（＊14）――という一編にメロディをつけて、アルバムに入れたんですけど。

谷川　あのころから総理大臣というものはすぐ代る。でも最初に「プロテストソング」を作ったときに、この詩でプロテストソングって言っていいのという気持ちがあったんですよ。いま聞き返してみるとね、けっこうプロテストソングになっているんだよね。時代が変わったとか、よくわからないんだけど。

小室　そうですね。

谷川　今読むとけっこうこれプロテストじゃんみたい。

小室　そうですよね、当然『お前が死んだあとで』などは樺道子さん（＊15）のことだと思いますし、『夜中に台所でぼくはきみに話しかけたかった』もそうですし、『クリフトンN.J.』だって少しそういう世の中に対して物言いがあります。けど『汽車と川』なんかは、なにこれプロテストソングなのって、そう言われればそうなんですけど、でも時代ということもあるかもしれないですよね。

谷川　あると思うな。

小室　しかもこの『汽車と川』に出てくるような汽車と川というのは、汽車は今の日本ではほとんど走っていないような列車ですしね。そうだ、『死んだ男の残したものは』のことでいろいろ諸説流れてますけど。

谷川　え、どう言うふうに。

小室　つまり諸説っていうか、エピソードが、武満徹さんがその譜面を取りに来た人に、『愛染かつら』（＊16）のように歌ってねと言ったとか。ちょっとだけおさらいをすると、頼まれて作ったんですか？

谷川　そうです。

小室　それは誰から頼まれたんですか？

谷川　べ平連（＊17）みたいな反戦運動をしている市民グループでしたね。依頼はべ平連ではなかったと思うけど。

小室　「若い日本の会」（＊18）の誰かというわけではない？

＊14　日本の作家・政治運動家（1932年―2007年）。帰国用航空券と持参金200ドルで世界一周に出かけ、その体験記「何でも見てやろう」で一躍有名に。1960年安保闘争時から平和運動を開始、ベトナム戦争時は「ベトナムに平和を！市民連合（ベ平連）」を結成。

＊15　昭和期の学生運動家（1937年―1960年）。東京大学文学部在学中に安保改定阻止闘争に取り組む。'60年国会構内抗議集会で警官隊との乱闘の中

谷川　全然。

小室　そうなんですか。

谷川　「若い日本の会」はさ、なんか右翼もいれば、いろんな人がいっぱいいるわけだし。

小室　そのころはまだそういうことはそれほど鮮明ではなかったですけどね。

谷川　依頼されたのは全然違う市民グループでしたね。

小室　そうでしたか、その市民グループというのは覚えてないですか。

谷川　うーん、ちょっと覚えてないなあ。

小室　でも頼まれて作ってもいいという気分になったんですよね。

谷川　勿論ベトナム戦争ってのはね、すごくプレッシャーがあったからね。

小室　で、武満さんに作曲をというのは俊太郎さんの希望ですか？

谷川　そうです。

小室　武満さんと高橋悠治さん（*19）たちとある種の政治的な動きをするときに、ちょっと違うんじゃないかという立場で武満さんはいらしたけど、この『死んだ男の残したものは』を作るときには、やっぱり。

谷川　でも「愛染かつら」を書いたわけだから。

小室　そうは言えどベトナム戦争を書いたわけだから。

谷川　いや彼は言葉よりも自分のメロディのほうが大事だったんじゃないの。（笑）

小室　いずれにせよ拳を振り上げて〝エイ・エイ・オー〟と歌えるような曲ではないですけど。

谷川　彼は洋楽というのは肉感的なもので、体ぐるみだということはちゃんとわかっている人だから、反戦歌みたいなことにはしたくなかったというのははっきりしていますよね。

小室　その後、これはもしかしたらベ平連の吉川勇一さん（*20）だったかもしれないけど、〝谷川さんあなたはベトナム戦争が激しかったときに、かの偉大なる反戦歌『死んだ男の残したものは』を書いた詩人であると。そのあなたが今この時代に、第二の『死んだ男の残したものは』を作らずしてだれが作るかと……。俊太郎さん、言葉で言えば〝挑発〟されたと言われてましたけど。で、できたのが『おしっこ』という、これはどういうことだったんですか、俊太郎さんの中で。

谷川　年の功でしょうね（笑）

小室　（笑）年の功！　だからそこでは諧謔的というか、茶化してますよね。

谷川　まあ、そうなんですよね。『死

で圧死。

*16　1937年―38年に婦人倶楽部で連載された未亡人看護婦と医師との恋愛小説（川口松太郎作）。1938年映画化され、主題歌「旅の夜風」が大ヒット

*17　「ベトナムに平和を！市民連合」の略称。1965年小田実、鶴見俊輔、開高健らを中心に結成。市民の自発的参加により、多様な反戦運動を展開

*18　1958年、警察官職務執行法改正に対する反対運動から生まれた若手文化人による組織。石原慎太郎、永六輔、谷川俊太郎、大江健三郎、黛敏郎ら名だたるメンバーが参加した

*19　日本の作曲家・ピアニスト（1938年―）。ドイツで現代音楽のピアニストとして活動後、アメリカでコンピュータ音楽の研究。'73年から「水牛楽団」で世界の抵抗歌の編曲・演奏活動などを行う

*20　市民運動家、翻訳家（1931年―2015年）。1965年ベ平連の2代目事務局長になり'74年のベ平連解散まで務める。その後「日本はこれでいいのか市民連合」、「市民の意見30の会」などで市民運動を展開

*21　精神科医、臨床心理学者、作詞家、ミュージシャン（1946年―）。ザ・フォーク・クルセダースで一世を風靡。作詞家としても数々のヒット曲を生む。九州大学名誉教授

んだ男の残したものは』のころは、戦争は絶対なくならないっていう認識になっていなかったんじゃない。だから割と正面を切ってますよね。詩としてはきちんとできてるんだけど、『おしっこ』のころになると、正面切って言っても意味ないんだということがあるから、ああいうようにちょっと外してね、からかったみたいな形で書いたんじゃないかな。

小室　でもあの『おしっこ』からもうなん年もたっていて、『おしっこ』からその後は、自爆テロが気軽な感じに、まるでコンビニでも行くがごとくに実行されている。こんな感じになっていることの前でもこの詩を書きましたかね。〝テロリストもおしっこしてる、おしっこしながら考えている、自爆なんてしたくないんだ、恋人を残して死にたくないもの〟っていう詩だったんですけど。

谷川　書いてますね、きっと。

小室　今でも？

谷川　今でも、ただ別の形で書くと思いますけどね、今でもああいうふうに書いてもOKだと思ってますね。

小室　この間北山修さん（*21）に、どうして人はバンバン自爆テロできるのって聞いたら、「なに言ってんだよ、日本だって特攻隊とか、ゼロ戦乗ってやってたんだし、別に我々と違って別のものだと思うものではない」って。「集団ヒステリーになれば、人間みんなできるんだよ」って言われました。

谷川　そうだと思うよ、ほんと。

自立

小室　集団ヒステリーに追い込むような世界経済のメカニズムがあるじゃないですか。

谷川　そうですね。

小室　そのことの罪深さみたいなこと、なかなかメインに浮上してメディアにのってきたりはしないですよね。自分が意識してそういうものを選んできて、本を読んだり、情報を得たりすればそのことはわかるっちゃわかるんですけど。

谷川　うーん、でも構図の、その重層性みたいなものはなかなか理解できないし、情報としてつかみにくいよね。誰かのせいにできるのだったらいいと思うんだけど、テロリストたちは誰かのせいにしてるわけじゃないですか。少なくとも集団かもしれないけど、個人じゃないにしても、だけど今の状況というのはほんと、人間の業みたいなものとしか言いようのないもののように絡まっちゃってて、だからプロテストソングなんか作りにくいと思いますね。

小室　ペリーがやってきても、開国しなかったりして、若干日本列島の中だけでドンパチやって暮らしてきたとしたら、世界は見えやすいのではないかな。把握しやすい。

谷川　まだしもね、今グローバルな関係というのは、とくに経済に関してはすごく把握しにくいんじゃないかな。

小室　にもかかわらず、そういう風になってきちゃったということで、日本列島の中で起こっていることを見る限りでは、外で起こっていることも、この世界のグローバルな経済メカニズムの中で、自分たちも加担しているんだというふうになかなか思えないじゃないですか。思えないけど加担してますよね。

谷川　ま、そうでしょうね。加担していると思うことがいいかどうかは別として。

小室　あ、それもうちょっと……。

谷川　メディアの責任なんですよね、言ってみれば。メディアの責任といってもメディアのせいというわけにもいかなくて、とにかく情報なんか瞬時に世界的に行くわけじゃないですか。それを新聞なんかが自分たち独自の情報としていく力はないわけです。でね、ほんとうに隠された情報というのは普通の我々の目に触れずに、メディアにものってないものだと思うんですね。隠れさせた情報もあっても複雑化しているわけだから、だいたい知識もないわけだし、世界市場というものの動き、株なんか全然わからないからね。だから自分ではわからない情報、しかも隠された情報みたいなものがいっぱいある中で、なんか正しい認識を得ようというのは、少なくとも俺にとっては不可能だというあきらめはありますよね。そういう知識、情報がないところで自分を自立させることを考えちゃうんですよね。

小室　自立ね。

谷川　はい。

詩

小室　こういう世界の中で詩をね、誰が読むのかっていうことを考えたときに、俊太郎さんは自分の詩を誰に届けるのですか？

谷川　誰でも、読んでくれる人ですね。

小室　じゃあ、どんな人が読んでくれそうだと思っているんですか？

谷川　それについてのイメージはないですね。

小室　イメージがなくて、でも書いたものが出版されたり、メディアに出たりするわけですけど、そういうことの以前に詩は生まれる？　詩は発注だよ、受注だよって言っていたこともある。

谷川　以前じゃなく、常に他者がいないと生まれないという感じですね。つまり読者でなくてもいいんだけど、他者からの動きで自分の中に言葉が出てきて、しかもその言葉を他者が受け取ってくれないと詩は成立しない。詩は自分の中に成立していなくて、他者と自分の中間に詩が成立しているという考え方です、基本的に。

小室　うーん。

谷川　活字になった詩集って言うのは譜面みたいなもので、それは音楽そのものじゃないわけですよ。誰かが読んでくれて心の中にある感動があった場合に、それが詩になるんです。だから全然感じない人もいるだろうし、感じる人もいるだろうし。

小室　詩は、あるいは言葉は、言葉以前のある深みから立ち上がってくるというような言い方をなさる。そのある深みというところにはまだ他者はいない？

谷川　いや、もういるんじゃないかねえ。なんかねえ、いるから言語として生まれてくるんじゃないかと思うけどね。

小室　それってなんかいいですね（笑）

谷川　これも言葉だからね、実際どうかわかんないですよ。（笑）ただなんとなく自分で頭で考えていないことがボコッと出てくるから、それはなにか意識下にある言葉以前のものから生まれてくるんだろうと、で、その時に働いている力は、自分の力ではない、少なくとも理性の力ではないものだね。だからどこからか与えられているものかもしれないという気持ちはありますよね。

小室　詩とラブレターの違いというのはありますか？

谷川　それは、だって特定の個人に向けているかどうかってことだから。

小室　特定の個人かあ、詩は特定の個人にあてているとは限らないんだ。

谷川　そうです、特定の個人にあてて書くことも、特定の個人の背後に読者っていう、あるいは他者って言うのをなんとなくイメージしますね。

小室　しかも結果的に他者に届くってことがありますよね。

谷川　そう、そういうことありますよね。で、ぼくはラブレターなんかもその癖がついていて、公器に発表して怒られたわけですから。(笑)

小室　はい。(笑)
そういえば、太田大八さんとの絵本「詩人の墓」もおもしろかったですね。詩人に恋する少女が詩人と一緒にいて、詩人がなんでもかんでも詩にしてしまうので、だんだんそのことが少女は嫌になってしまう。嬉しかったけどある日言いますよね、「一度でいいから詩じゃないことを言って」って。なんで俊太郎という詩人がそんなことを言っちゃったのですか？

谷川　それに近いこと相手に言われたから(笑)。そうは言わないけど、そういうことだったんじゃないでしょうか、関係としては。

生活

小室　やっぱり詩人としてこんなに長くやってきてると、言葉とはもう付き合いたくないって思ったりは。

谷川　時々ありますよ、それは。

小室　ありますよね。

谷川　でもそれはすぐ言葉のほうに戻ってきちゃいますね。自分の中から言葉が生まれてきていれば大丈夫なんですけど、それが生まれてこなくなったら、ほんとうに言葉に飽きちゃうでしょうね。

小室　そういうことに近くなった時には、ちょっと鬱になったりするんですか？

谷川　詩が書けなくなるとか、スランプになったってことないんですよね。というのは初めから注文仕事だったから、とにかく書かなきゃ食えない意識が強いから、無理やりでも書いていたのね。スランプ的な時は後で見てみると、この時期の詩はよくないというのは確かにあるんですけど、とにかく書き続けました。

小室　食うってことについて、だってこれだけの家に生まれて、脛かじってりゃすむことじゃないかと他人様は言うと思うんですけど、俊太

郎さん、食うっていうことに対する執着っていうのは。

谷川　執着…、でもはじめは俺、脛をかじってたんだからね。徐々に徐々に食えるようになっていったからね。でもけっこう物欲があった人なんですよ、若いころ。いいクルマも欲しいし、いいラジオも買いたいし、でもいいもの食いたいとか、いい服着たいとかはあんまり思わなかったんだけど、ものが好きだったのね。買うのも好きだったわけ、だからお金が必要だった人なんですよ。

小室　お金が欲しいと思ったんですね。

谷川　それから生活を安定させたい、つまりその日暮らしで、明日もしかしたらお金が入らないかもしれないというのが嫌で、ある程度安定した生活をするためには、ある程度お金がなきゃいけないという意識は強かったですね。

小室　その考えがほかの詩人と一線を画するところで、ほかの詩人たちは〝詩なんかで食っていけるわけないじゃないかって〟。

谷川　詩だけじゃ食っていけないから注文に応じてラジオドラマとか、歌詞とか、絵本の翻訳とか、いっぱい物書きとして仕事してきましたからね、だから仕事していくだけの能力があったということですね、幸いなことに。

小室　それは詩人とともに編集者的な要素っていうのも……。

谷川　それはありますね。

プロテストソング2

小室　そもそも、今回のアルバム、《プロテストソング2》作りを、小室と一緒にやってみようと思ってくださった、そのお気持ちはなんですかね。

谷川　〝プロテストソング〟というなんかすごい時代遅れなものが面白いと思った、っていうか、成立しそうもないようなことをあえてやろうという小室等に共感しているわけですね。それから小室等がねえ、これ聞くとさあ、すごく声が良くなってんだよね、年を取ってきたら。声が深くなってんのね。

小室　あららっ。

谷川　照れ笑いしてる。もちろん歌はうまくなっているんですよ、声そのものが深くなっているのね。

小室　うわっ。

※小室追記：俊太郎さんは常々、「音楽には意味がないのがいい」と言っている。谷川賢作さんをはじめ、今回レコーディングに駆けつけてくれた佐久間順平、竹田裕美子、高良久美子、田代耕一郎、八木のぶお諸氏の演奏は言うまでもないことだが即興演奏だ。いわば出合い頭のその演奏の素晴らしさは、俊太郎さんの言葉を裏付けてくれている。

Profile

谷川俊太郎

一九三一年東京生まれ。詩人。

一九五二年第一詩集『二十億光年の孤独』を刊行。一九六二年「月火水木金土日の歌」で第四回日本レコード大賞作詞賞、一九七五年『マザー・グースのうた』で日本翻訳文化賞、一九八二年『日々の地図』で第三十四回読売文学賞、一九九三年『世間知ラズ』で第一回萩原朔太郎賞、二〇一〇年『トロムソコラージュ』で第一回鮎川信夫賞など、受賞・著書多数。詩作のほか、絵本、エッセイ、翻訳、脚本、作詞など幅広く作品を発表。近年では、詩を釣るiPhoneアプリ『谷川』や、郵便で詩を送る『ポエメール』など、詩の可能性を広げる新たな試みにも挑戦している。

小室等

一九四三年東京生まれ。フォークシンガー、作曲家。

一九六八年グループ「六文銭」を結成。一九七一年第二回世界歌謡祭にて「出発の歌」(上條恒彦＋六文銭)でグランプリを獲得。一九七五年泉谷しげる、井上陽水、吉田拓郎と「フォーライフレコード」を設立。現在は自身のライブ・コンサートを中心に、様々なジャンルのミュージシャンとのコラボレーションやイベントプロデュースも多数手がける。また娘であるこむろゆいとの「Lagniappe」、「六文銭'09」など、ユニットでの活動の他、テレビドラマ、映画などの音楽制作、ドキュメンタリー作品のナレーションなど、その活動は多岐にわたる。

プロテストソング

PROTEST SONG

Hitoshi Komuro
Shuntaro Tanikawa

谷川俊太郎
小室等

旬報社

MUSIC SIDE Hitoshi Komuro

プロテストソング

小室 等

INDEX

希望について私は書きしるす

詩：谷川俊太郎　曲：小室 等

20世紀半ばにボブ・ディランは、“The answer my friend, is blowin' in the wind”「その答えは風に吹かれている」と言った。風に吹かれていたのは〈希望〉だったのだろうか。21世紀の初頭に谷川俊太郎は、それでも〈希望〉が芽吹く春の野に吹く、《どこの国のものでもない》風に、“なんの主張もせぬ旗をひるがえせ”と命じている。〈なんの主張もせぬ旗〉のパラドックスに心を寄せてみる。俊太郎さん、ここには希望がありますね。

詩人の死

詩：谷川俊太郎　曲：小室 等

〈国民でも人民でも市民でもなかった詩人〉の詩人は、谷川俊太郎さん御自身だとぼくは勝手に思っている。'60年代半ば、俊太郎さんは武満徹さんと組んである反戦集会のために「死んだ男の残したものは」を作ったことは知られていることだが、その折プラカードを掲げデモにも参加したのだろうか。ぼくは学生運動に無縁で、政治意識も、国民、人民、市民意識も希薄だったし、その時代の詩人意識もわからない。それは今だって、そういえば前に俊太郎さんは、詩でしかものが言えない詩人の、その詩が好きで詩人に惚れた乙女が登場する絵本「詩人の墓」で、詩でしかものを言わない詩人にいつしか耐えられなくなったその乙女に「何か言って詩じゃないことを！」と言わせている。

すきになると

詩：谷川俊太郎　曲：小室 等

今回《プロテストソング２》では平仮名だけで書かれている詩がいくつかある。俊太郎さんが何用に書かれたのか、つまり子ども向けとか、よしんば子ども向けだったとしても、短絡しての子ども向けということではないでしょう。〈好き〉とか〈嫌い〉とか。漢字で見てしまうと、なんか直線的に目で受け止めてしまわないだろうか。でも左右上下、いろんな角度からの〈好き〉〈嫌い〉がある。僕たち日常で言葉を発する瞬間はいちいち漢字は思い浮かべてないと思うけど、むしろ平仮名が近いかな、それでもないとしたら？

こどもとおとな

詩：谷川俊太郎　曲：小室 等

そうなんだよね。大切なこと、忘れるんだよね。'60年代、若者だった僕たち、長髪にして、ピースとか言っちゃってたのに、就職を前に髪を短くし、大切なことを心の奥に閉じ込め、高度経済成長の中で立派な企業戦士なってゆき、女性たちは不満を抱きながらもその夫たちを支え、心の底に閉じ込めた大切なことは、閉じ込めたことさえ忘れ去ってしまった、男も女も。どうやったら大切なことを忘れないでいられる大人になれるんだろうか。

その日 —— August 6

詩:谷川俊太郎　曲:小室 等

この詩は俊太郎さんの詩集「シャガールと木の葉」所収で、この《プロテストソング２》向けに俊太郎さんが選んでくれた詩からは選外だったのだけど、僕が勝手に選んで入れてしまった。その日、広島にいなかった地球上のすべての人たちは、〈その日〉、確かに〈そこに〉いなかった。広島とそこにいなかったものの距離は果てしなく遠い、のだろうか。

死んだ男の残したものは

詩：谷川俊太郎　曲：武満徹

Dm C^6 $B^\flat maj^7$ A
死んだ男の残したものは

Dm Gm A Dm
ひとりの妻とひとりの子ども

D^7 Gm C F A^7/E
他には何も残さなかった

Dm Gm A Dm
墓石ひとつ残さなかった

Dm C^6 $B^\flat maj^7$ A
死んだ女の残したものは

Dm Gm A Dm
しおれた花とひとりの子ども

D^7 Gm C F A^7/E
他には何も残さなかった

Dm Gm A Dm
着もの一枚残さなかった

Dm C^6 $B^\flat maj^7$ A
死んだ子どもの残したものは

Dm Gm A Dm
ねじれた脚と乾いた涙

D^7 Gm C F A^7/E
他には何も残さなかった

Dm Gm A Dm
思い出ひとつ残さなかった

Dm C^6 $B^\flat maj^7$ A
死んだ兵士の残したものは

Dm Gm A Dm
こわれた銃とゆがんだ地球

D^7 Gm C F A^7/E
他には何も残せなかった

Dm Gm A Dm
平和ひとつ残せなかった

Dm C^6 $B^\flat maj^7$ A
死んだかれらの残したものは

Dm Gm A Dm
生きてるわたし生きてるあなた

D^7 Gm C F A^7/E
他には誰も残っていない

Dm Gm A Dm
他には誰も残っていない

Dm Am/C $B^\flat maj^7$ A
死んだ歴史の残したものは

Dm Gm A Dm
輝く今日とまた来る明日

D^7 Gm C F A^7/E
他には何も残っていない

Dm Gm A Dm
他には何も残っていない

6番の歌詞の、〈輝く今日〉という箇所が、今の時代、〈今日を輝く〉とは言い辛いとぼくは感じ、恐れ多くも、俊太郎さんに〈輝く〉を別の言葉に変えてほしいと訴えたら、俊太郎さんなんと言ったと思います？　「いいけど、それよか自分で変えてよ」ですって。ぼくは変えないで歌うことにしたけど、ほんとに変えてしまっても、俊太郎さんは何も言わないと思う。

本書掲載曲中、この一曲のみ、作曲は小室ではなく、武満徹さんだ。「おしっこ」が生まれるエピソードの兼ね合いと、この曲をこんな風に歌うことができるということを知ってもらいたい気持ちもあって「プロテストソング2」に収録した。

しかしながら、今回、「死んだ男の残したものは」の楽譜掲載申請をしたところ、とても残念なことに著作権管理出版社から掲載の許諾が得られなかった。

許諾されなかった理由を要約すると、次のようになる。


混声合唱作品（として作られた「死んだ男の残したものは」）は当社規定で編曲禁止となっている。演奏・録音の利用（カバー申請）については詳細を伺い対応しているが、それを楽譜として掲載することは許諾していない。また、当社は当該著作物の出版をしていることにより、商業印刷物の出版使用については許諾を出すことができない。


ということでした。

ぼくの「死んだ男の残したものは」は、武満さんが残された楽譜と随所で微妙に歌い方が違えてある。現存する楽譜を探していただき、ぼくのCDでの歌い方と比べていただくと、歌って何なのかということについても感じていただけるものと思う。もしも、掲載が許されていたなら、当初は小室ヴァージョンのみを載せるつもりでいたが、そうではなく、既存の楽譜と小室ヴァージョンの楽譜と併載すべきということにも思い至った。

心残りは、生前の武満さんに、今のぼくの歌い方を聞いていただいていないことだ。

武満徹さんはジャズが好きだった。

ジャズの命は自由。

ジャズから自由を奪ったら何も残らない。

武満さんに、六本木にあったジャズスポットに何度か連れて行っていただいた。閉店時間も過ぎて、他に客がいないのを見計らうと、店のピアノでスタンダードナンバー武満流弾き語りを楽しまれていたのを思い出す。

著作権管理出版社が、自由にうたうことまで規制しているわけではないと思ってはいるけれど、いずれにせよ著作の権利って難しい。

おしっこ

詩：谷川俊太郎　曲：小室 等

CD「プロテストソング2」のライナーノーツに詩が書かれたのは2005年と書いてしまったが、2004年の間違い。俊太郎さんが誰かに言われて書いたという、誰かというのは、元・ベ平連の吉川勇一さんで、2004年12月27日に紀伊國屋ホールで開かれた「六輔その世界」の舞台上で、永六輔さんを相手に、『市民の意見30の会・東京ニュース』No.85に詩が掲載され、歌が誕生する経緯を、吉川さんが語っていたのだった。ぼくもその舞台に出ていたのに失念していた。俊太郎さんもよく覚えていないみたいだが、俊太郎さんをけしかけたのが吉川さんであることは間違いなさそうです。

G
ぶ き しょ う に ん が
お しっ こ し て る
おしっ こ し な が ら ー
かん が え て い る ー
H
じゅう が な け れ ば ー
へ い
わ は ま も れ ぬ
か ね が な け れ ば
じ ゆ う も か え ぬ
Swing slowly ♩=52
I
J
み ち で の ら い ぬ お しっ こ し て る お
しっ こ し な が ら か ん が え て い る
K
て き も い な け りゃ

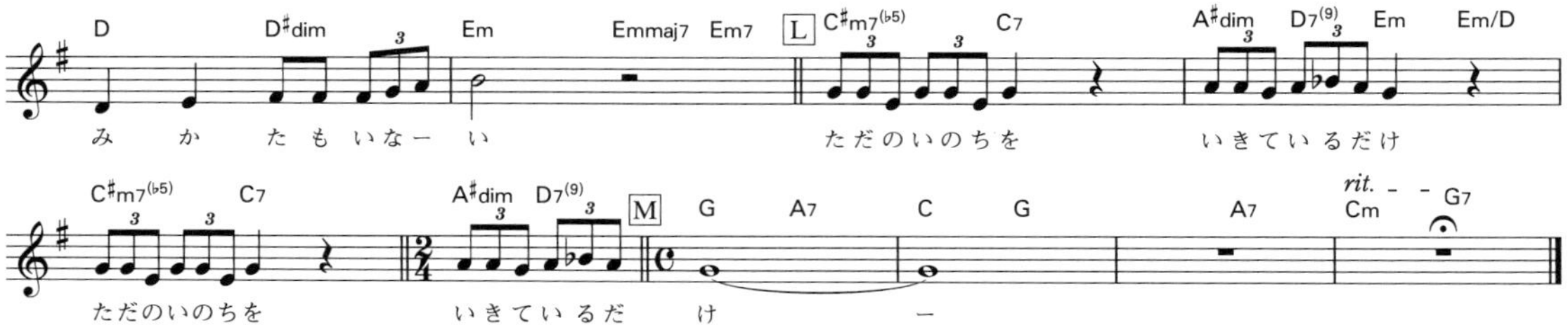
D D♯dim Em Emmaj7 Em7
L
C♯m7(♭5) C7 A♯dim D7(9) Em Em/D
みかたもいなーい
ただのいのちを
いきているだけ
C♯m7(♭5) C7 A♯dim D7(9)
M
G A7 C G A7 Cm G7
rit.
ただのいのちを
いきているだけー

死んでから

詩：谷川俊太郎　曲：小室 等

86歳という俊太郎さんのお歳を考えたら、死んだあとの自分を考えることは可能なのかもしれないが、〈これから何が起きるのか/もう何も起こらないのか/もうちょっと死んでみないと分からない〉って、なんと屈託のない死人なのでありましょうか。〈私は良い人間だっただろうか/もうおそいかもかもしれないが考えてしまう〉と死人に言わせているが、まだ死んでいない生きている俊太郎さんは、良い人間だったかを考えてしまう人なのだろうか。この詩に出会って、死ぬのが楽しみになったとまでは言わないが、死ぬのが少し怖くなくなった気がする。

Am7(♭5)
A♭maj7
G
Cm
おいてはこにしたがえと
かくげんはいうー
これからなに
F
Cm
F
がおきるのか
もうなにも
おこらないのーか
Cm
F
H
Cm
Cm/B♭
もうちょっとしんでみないと
わからない
Am7(♭5)
A♭maj7
Cm
Cm/B♭
Am7(♭5)
A♭maj7
I
E♭
E♭7
A♭
わたしは よいにんげんだった
だろうーかー
A♭m
A♭m6
E♭
もうおそいかもしれないが
かんがえてしまうー
J
E♭
E♭7
A♭
わたしはよいにんげんだった
だろうか

A♭m
A♭m6
E♭
もう おそいかもしれないが
かんがえ てしまうー
poco a poco rit.
K
A♭m
A♭m6
E♭
しんでからもたましい はー
いそがしい

殺す

詩：谷川俊太郎　曲：小室 等

例えば、例えばの話ですよ、コーヒー会社の利益の一部が武器メーカーに資金流用されているようなことがあったとしましょうか。われわれは朝そのコーヒー会社のコーヒーを飲むことで、殺したなどとは思わずに人を殺している。日本の武器会社が戦争に使用する武器（そのネジ一本でも）を輸出して、その武器が使用され人が殺されれば、日本の武器輸出を許しているわれわれは、素手で人を殺していることにならないかしら。

風と夢

詩：谷川俊太郎　曲：小室 等

被災したNPO法人ゆめ風基金10周年に書かれた、永六輔さんの詞「伝えてください」と、谷川俊太郎さんの詞「風と夢」の、お二人が別々に書かれた二つの詞をスクランブルして、改めてお二人の合作曲2曲に小室が作り直してしまったのだが、今回、「風と夢」をオリジナルの谷川ヴァージョンに戻してみました。

しーん

詩：谷川俊太郎　曲：小室 等

酒席の話をしてみます。ぼくは、静かなのがいいと思っているはずなのだが、気がつくと理屈っぽくなり、谷川賢作さんなどはしばしばぼくの絡み酒の相手をさせられています。その賢作さんはどちらかと言えばはしゃぎ酒の楽しい酒ですが、カラオケボックスなどでマイクを離さないのはいいのですが、一曲を1コーラス歌わないうちに次の曲に鞍替えするのはやめてほしいとみんなが言っています。父上の俊太郎さんの酒は、無論静か酒。席が盛り上がってうるさいのがとまらなくなってきたら、そっとその場からいなくなってしまいます。

Am Bm C
ばくはつのおとはー ききたく ないー
2.
Cm Am7 D7 F G
ひめいもー うめきごえ もー しずかなのが
G Am Bm
いい ー そよかぜが ふいて きて
C Cm D
ー ふうりんがなっ た り するのが すきー
D G G Am
しずかなのが いい ー
Bm C Cm
いびきもおならも ねごともかわいい にど しー んとしたほし

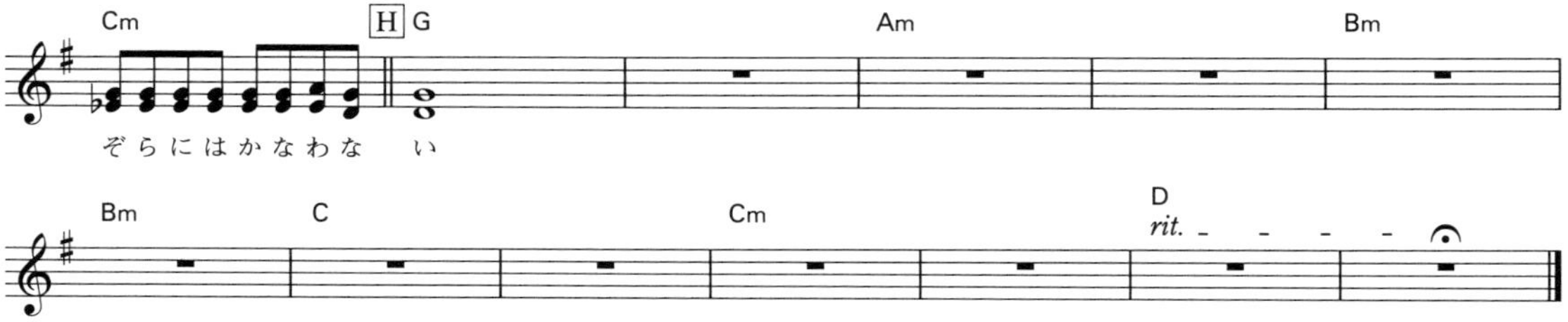
Cm
H G
Am
Bm
ぞらにはかなわない
Bm
C
Cm
D
rit.

黙って

詩：谷川俊太郎　曲：小室 等

この曲の録音は、最初、ぼくのギターに竹田裕美子さんのアコーディオンで始めたが、そのアコーディオンのプレイを聴いて、咄嗟に沢山のアコーディオンの合奏にしたいと思い、竹田さんが持って来たタイプの違う3台のアコーディオンをとっかえひっかえ、7回ぐらい重ねてプレイしてもらった。素敵なアコーディオン・アンサンブルになった。これって2012年の独・仏映画、レオス・カラックス監督の「ホーリー・モーターズ」の中で、突然少年を含めた10人ぐらいのアコーディオン楽隊が夜の道に出現する印象的なシーンがあって、それがぼくの脳裏をかすめたので竹田さんに多重演奏をお願いしたのだったが、大成功だった。

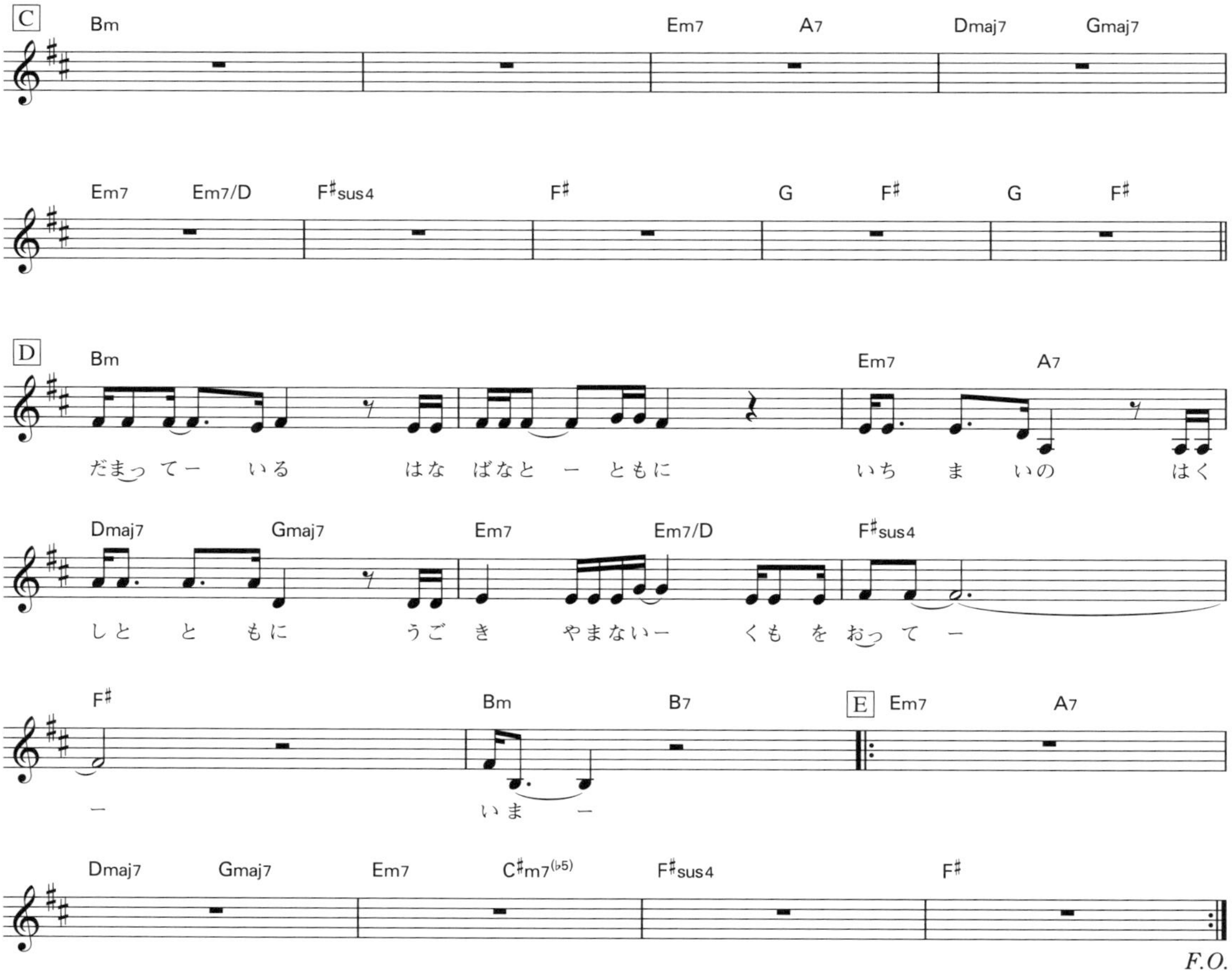

木を植える

詩：谷川俊太郎　曲：小室 等

我々は、戦後、銃を札びらに持ち替え、アジアの熱帯雨林を根こそぎにし、次に根こそぎにされたアマゾンの木々も日本商社が買い取り、日本の繁栄は支えられ促進された。さらに今、沖縄の海も根こそぎにされようとしている。それでも諦めずに抵抗し、木を植えるところからしか再生は始まらない。子どもたちのすこやかな明日のために。希望で始まった「プロテストソング2」は、最後も希望で終わる。

クリフトンN.J.

詩：谷川俊太郎　曲：小室 等

「プロテストソング」がリリースされたのは'78年だから、この詞は'70年代半ばに書かれたものでしょう。愛娘志乃さんの住むニューヨーク郊外のニュージャージーを訪れたときの印象がもとになっている。俊太郎さんが実際に訪れたのは、クリフトンではないニュージャージーだったみたいだけど、クリフトン・ニュージャージーのほうが語呂がよかったのかな。歌の詞を前提にして書かれているこのアルバム「プロテストソング」はぼくが出す音以外はすべて佐藤允彦さんのピアノとキーボード（シンセサイザー）の多重録音でなりたっている。当時出回り始めていたKORGのシンセサイザーでのエレクトリック・ピアノがかっこいい。

夜中に台所でぼくはきみに話しかけたかった3――小田実に

詩：谷川俊太郎　曲：小室 等

「夜中に台所でぼくはきみに話しかけたかった」という詩集の表題詩、14の短詩で構成されている中の、3の詩で、小田実に、と宛て書かれている。他にも、2、4、8、13は、それぞれ、武満徹、谷川知子、飯島耕一、湯浅譲二に宛てられている。これら14の詩は一晩で書いたらしい。詩の最後に小さい活字で、〈一九七二年五月某夜、なかば即興的に鉛筆書き〉と付記されている。歌用に書かれた詩ではないことは言うまでもない。

なんにもしたくない

詩：谷川俊太郎　曲：小室 等

どのような経緯でこの詩がぼくの手元に渡ったのか憶えてない。俊太郎さんの「歌の本」という、俊太郎さんの歌になった詩の本に載っている。アルバム「プロテストソング」は紹介されているけど出典はない。歌用に作ったのを手渡されたのかな。でも、俊太郎さんの場合、歌用に詞を書くときは、１番、２番と定型に揃えてくるんだけど。それにしても、凄まじいスピードの佐藤允彦さんのピアノ。允彦さんにとっては手もないことだけど小室は必至の一発録り。もちろん、ベースの音も、允彦さんのシンセ。

窓

詩：谷川俊太郎　曲：小室 等

「プロテストソング」に録音された歌を聴くと、観念で歌っていて、実にうすっぺらでいやになってしまう。それにひきかえ允彦さんの演奏はもちろんよくて、それだけにもったいない。あの日、レコーディングを終えたときには、面白い、やった、と思ったのに、未熟さというのは当たり前のことだがそのときには気づいていない。詩集「あなたに」（1960）収録

泣けばいい

詩：谷川俊太郎　曲：小室 等

俊太郎さんがソングとして詞を作られるときは、前にも言ったように1番、2番、もちろん3番、４番があれば、3番、４番まで、基本的に行数、文字数をシンメトリーに揃えてこられる。このアルバムでは、「おまえが死んだあとで」「一匹のカニ」「別れてもいいんだ」がそれにあたる。この詞は、書き下ろしでいただいたように記憶する。

汽車と川

詩：谷川俊太郎　曲：小室 等

邦題“真夏の夜のジャズ”という、1958年のニューポート・ジャズ・フェスティバルのドキュメンタリー映画がある。映画のオープニングはサックス奏者ジミー・ジュフリーが演奏する“Train And River”。その映画は谷川さんをいたく感動させたのだが、この〈汽車と川〉という詩は、ジミー・ジュフリーの映画での演奏に誘われて書かれた。収録された詩集「空に小鳥がいなくなった日」では、「汽車と川 ジミー・ジュフリーに」となっている。ラジオ番組でジミー・ジュフリーの“Train And River”をバックに、益田喜頓さんが朗読したと俊太郎さんが言っていた。長いので、中盤以降の再び定型になってからは歌詞とコードネームだけにした。CDを参考にしてください。

F
F C7 F B♭ F
きしゃにはいぬごやみたいなー きゃく しゃが ついている だが そこにはいぬはー
G7 C7 F C7 F B♭
のっていない にんげんの おとことおんながー まどに もたれてー ピー
F Gm C7 F
ナッツをつまみながら かわを みている ー
G
F C7
きしゃの うえから
F B♭ F G7 C7 F C7
かわを みると かわ には ーさかなが およい でる さか なは ーながれに
F B♭ F Gm C7 F
さからって いっしょうーけん めい およい でる
H
F C7 F B♭ F G7 C7
「さかなってばかね」と おんな はいう おと こは ーなんとも へんじをしない
F C7 F B♭ F Gm
くもまから たいようが かおをだし かわ もを かがやきながら きしゃと

C7 F F7 I B♭ F
いっしょにはしって く　えきだ　とつぜん どやどや と ひとがのりこ む　しし
B♭ F B♭
っぱな だんごっ ぱな　にきびっ つら　だいこん あし　かな つぼまなこ やぶにらみ でっ ちり
F Gm Am Gm
はとむねにじゅうあ ご　つっ たばかりのー　さか な をさ げたー　ぶしょうひ げのー　おや
Am Gm F Gm
じ が いるー　かわぞこのきれい な　こいしをひろってー　ハンケチにつつん だ
F J B♭ F
じょがくせい がいる　あかしろに ぬりわけた ー　ぼう を もちー　ながぐつ
B♭ F Gm
からしずくをたらす　そくりょう ぎし たちもいる　いま しがた きれいなー　かわ
Am Gm Am
の み ずをー　すい とう に いっ ぱいつめてきた　ハイ カー もいる　だが

Gm F Gm F
かれらはー もう かわを みない もう かわの ことは ー すっ かり わすれてー
Gm B♭ F
やきゅう やげっきゅう や おきゅうのはなしをー して い る
K
F C7 F B♭ F G7 C7 F C7
F B♭ F Gm C7
1. F
2. F

F C7 F
汽車は川に沿って走ってゆく

B♭ F G7 C7
川に沿った汽車に沿って

F C7F B♭
電話線も走ってゆく

F Gm C7 F
もしもしもしもしと走ってゆく

F C7 F
汽車は川に沿って走ってゆく

B♭ F Gm C7
窓にもたれてピーナッツをかじりながら

F C7 F B♭
女は云う「あんたの横顔ってすてき」

F Gm C7 F
男はなんとも返事をしない

F C7 F
汽車は川に沿って走ってゆく

B♭ F G7 C7
真黒な顔をしたちっぽけな汽車だ

F C7 F B♭
けれど川はだんだん大きくなってゆく

F GmC7 F
だんだん広くなってゆく

F C7 F
川はすっかりおとなっぽくなり

B♭ F G7 C7
流れかたまで悠然としてくる

F C7 F B♭
おちつきはらってボートを浮かべ

F GmC7 F
清濁あわせのんでいる

F C7 F
やがて川は海に出る

B♭ F G7 C7
そのとき汽車は港に着く

F C7 F B♭
それから先へ汽車は行けない

F GmC7 F
けれど川はどこまでも行ける

F C7F
大きくのびをして

B♭ F G7 C7
川が海へと出てゆくとき

F C7F B♭
小さなくしゃみをして

F Gm C7 F
汽車は引き込み線をバックしてゆく

F C7
「どこへ行くの？　私たち」

F B♭ F G7 C7
ピーナッツをかじりながら岸壁の上で女はきく

F C7 F B♭
男はなんとも返事をしない

F GmC7 F
夕日を見つめて返事をしない

おまえが死んだあとで

詩：谷川俊太郎　曲：小室 等

例えば'60年代の学生運動のなかで死んでいった仲間、もしくは恋人を想う設定の詞か。2番と3番の間に、允彦さんに金管六重奏のレクイエムを書いていただいた。あの時代の学生運動を背景にして書いたと、俊太郎さんが言っていたような気がする。設定はともあれ、俊太郎さんは無論のこと、ぼくも学生運動は無縁。とくにぼくの場合、学生運動も含めたあの"時代"というものに、しっかりと関わり合って生きていなかったので、あの頃の自分に後ろめたさみたいなものがある。

一匹のカニ

詩：谷川俊太郎　曲：小室 等

ぼくは、いただいた詞を、作曲の都合上で削ったり、手直ししたりすることは原則しないという主義なのだが、この曲は作曲の都合上で、ある部分を俊太郎さんの了解のもと、というか俊太郎さんはいとも簡単に削っていいよと言ってくれて、一行削り取っている。CDでは間奏から允彦さんのエレクトリック・ピアノの演奏が入ってきたとたんに、ビート感が出て躍動する。ビート感の希薄なぼくのギターまでビートが出てきたように思えるのは、もちろん允彦さんに揺るぎないビートがあるからだ。

今

詩：谷川俊太郎　曲：小室 等

先日（2017年10月）フランスのナント市で、俊太郎さんと中原中也の詩を歌ってきたのだが、そのとき現地のＰＡエンジニアに、おまえの歌はパコ・イバニェス（1934年生まれ、スペインの反体制的フォークシンガー、フランコ体制に反抗しパリに亡命）のようだと言われたが、この曲を聴いてみると、確かに音楽の雰囲気はパコ・イバニェスのようだと言えなくもない。この曲に限らないことだが、佐藤允彦さんのピアノ演奏はただコード進行をなぞっている演奏などではなく、俊太郎さんの詩に的確に呼応している、もちろん即興で。

Bm F♯m A E D
かえってくるものは なにもない そのかなしみのなかで わたしはわすれ そしてしらねばなら
F♯m G F♯m C♯7 F♯m C♯7 Bm
ぬ
F♯m A E D F♯m H D E A F♯m
D E A C♯7/G♯ Bm F♯m A E D F♯m
I F♯m C♯7 F♯m
わたしはけっして ところを さらない わたし は つねに ーときを さ
C♯7 Bm F♯m A E
る ふたたびといえない いまをいきー そしてわたしのこころとからだの かぎり
D F♯m J D E A F♯m
それをーみたそ うとー やがてかこをー しに みらいを しに
D E A C♯7 Bm F♯m
そしてすべてを よかんしてしまう ときにもー わたしのせいが わたしのいまに ささえられてあるように

A E D F#m K F#m C#7
わたしがつねにあたらしく あいすることのできる ように ー
F#m C#7 Bm F#m A E D rit. F#m

別れてもいいんだ

詩：谷川俊太郎　曲：小室 等

当時、若い人たちの新しい家族の作り方をニュー・ファミリーなどと呼んだが、そのニュー・ファミリーの崩壊を描いた詞かもしれない。アルバムでのぼくの演奏は、'50年代にアメリカから入ってきたフォークソングに飛びついて吸収したノウハウを駆使し、12弦ギター、アパラチアン・ダルシマー、五弦バンジョー総動員。佐藤允彦さんが弾くケーナ風な笛とエレクトリック・ベースはシンセサイザー。もしかすると、アパラチアン・ダルシマーも、アパラチアン・ダルシマー初対面の允彦さんだったかもしれない。允彦さんはなんでもできちゃう人なのだ。

芝生

詩：谷川俊太郎　曲：小室 等

“なすべきことはすべて私の細胞が記憶していた”この詩は、詩集「夜中に台所でぼくはきみに話しかけたかった」からぼくが勝手に作曲をしてアルバムに入れたのだったが、にもかかわらず、それは今もだけど、あのときはもっとぜんぜんわかってなかった。わかったふりをしていただけだったのだが、ちょっとだけ付け加えると、言葉が音に乗ったとき、その言葉がわかったような気になってしまう瞬間があるのが不思議な事だった。

小室 等 ディスコグラフィー
Hitoshi KOMURO Discography

プロテストソング2

2017年9月20日/FLCF-4509/¥3,000(税込)
フォーライフミュージックエンタテイメント

プロテストソング

1978年/フォーライフレコード
Blu-spec CD再発:2013年　FLCF-5058/¥ 2,500(税込)
フォーライフミュージックエンタテイメント

―

私は月には行かないだろう

1971年/ベルウッドレコード
CD再発:2012年　KICS-2569/¥1,429(税抜)
キングレコード

フォーク・ギターの世界

小室等/小林雄二
1973年/OFW-5 ～ 6/2枚組
ベルウッドレコード

―

東京

1973年/ベルウッドレコード
CD再発:2012年　KICS-2571/¥1,429(税抜)
キングレコード

―

デッドヒート '74年ライブ

1974年/ベルウッドレコード
CD再発:2012年　KICS-2584/¥1,429(税抜)
キングレコード

―

'70年9月16日 小室等コンサート

1975年
OFM-1
ベルウッドレコード

―

明日

1975年/フォーライフレコード/Blu-spec
CD再発:2013年　FLCF-5055/¥ 2,500(税込)
フォーライフミュージックエンタテイメント

―

いま 生きているということ

1976年/フォーライフレコード/Blu-spec
CD再発:2013年　FLCF-5056/¥2,500(税込)
フォーライフミュージックエンタテイメント

父の歌

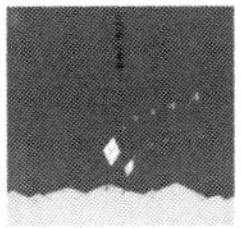

1977年/フォーライフレコード/Blu-spec
CD再発:2013年　FLCF-5057/¥ 2,500(税込)
フォーライフミュージックエンタテイメント

小室等23区コンサート 東京旅行

1979年/フォーライフレコード
CD再発:1997年　FLCF-3686/¥3,262(税込)2枚組
フォーライフレコード

長い夢

1980年/フォーライフレコード/Blu-spec
CD再発:2013年　FLCF-5059/¥2,500(税込)
フォーライフミュージックエンタテイメント

小室 等 ニューヨーク24時間漂流コンサート

1981年/フォーライフレコード
CD再発:2003年　FLCF-3983/¥2,800(税込)2枚組
フォーライフミュージックエンタテイメント

目撃者(Eyewitness)

1981年/フォーライフレコード
CD再発:2008年　FLCF-4220/¥2,400(税込)
フォーライフミュージックエンタテイメント

「会い」I am a…

1986年
35KD-69/¥3,350(税込)
フォーライフレコード

YONAGUNI 与那国

1990年
FLCF-22079/¥2,243(税込)
フォーライフレコード

午後のレフュージー

1991年
FLCF-30098/¥3,059(税込)
フォーライフレコード

時間(とき)のパスポート

1996年
FLCF-3649/¥3,059(税込)
フォーライフレコード

武満徹 ソングブック

1997年
FLCF-3684/¥3,059(税込)
フォーライフレコード

NO GOOD WITHOUT YOU

2005年
ORCD-9004/¥2,500(税込)
You Records

小室等 音楽活動50周年ライブ
～復興～<実況録音盤>

2011年
FLCF-5044/¥3,600(税込)/2枚組
フォーライフミュージックエンタテイメント

プロテストソング

二〇一八年三月一五日　初版第一刷発行

著者　小室等　谷川俊太郎
編集　山下実（山下編集事務所）
ブックデザイン　Boogie Design
写真　深堀瑞穂　こむろゆい
楽譜浄書　クラフトーン
製作協力　こむろゆい（オフィス・キーズ）
　高橋敏治
編集担当　熊谷満
発行者　木内洋育
発行所　株式会社旬報社
〒一六二-〇〇四一　東京都新宿区早稲田鶴巻町五四四　中川ビル四階
電話 〇三-五五七九-八九七三　ファックス 〇三-五五七九-八九七五
ホームページ http://www.junposha.com/
印刷製本　中央精版印刷株式会社

ISBN978-4-8451-1513-6
JASRAC 出 1715405-701